ALFAGUARA

ALFAGUARA INFANTIL

© 2007, Jorge Accame y Elena Bossi

De esta edición

ALFAGUARA

2007, Aguilar, Altea, Taurus, Alfaguara S.A.
Av. Leandro N. Alem 720 (C1001AAP)
Ciudad Autónoma de Buenos Aires, Argentina

ISBN: 978-987-04-0601-3

Hecho el depósito que marca la Ley 11.723
Impreso en Argentina. *Printed in Argentina*
Primera edición: enero de 2007
Tercera reimpresión: enero de 2012

Coordinación de Literatura Infantil y Juvenil: María Fernanda Maquieira
Diseño de la colección: Manuel Estrada

Accame, Jorge
    Un pequeño dinosaurio / Jorge Accame y Elena Bossi - 1a ed.
3a reimp. - Buenos Aires : Aguilar, Altea, Taurus, Alfaguara, 2012.
    32 p. ; 17x15 cm. (Prelectores)

    ISBN 978-987-04-0601-3

    1. Narrativa Infantil Argentina. I. Bossi, Elena II. Título
    CDD A863.928 2

PRISA EDICIONES

Un Pequeño Dinosaurio

Jorge Accame y Elena Bossi

Ilustraciones de Javier González Burgos

ALFAGUARA

ES MUY CHIQUITO,
TOMA MAMADERA.

LE ABRO LA VENTANA
Y ENTRA DE UN SALTO.

TENGO UNA CAJITA
CON GUSANOS DE SEDA.

SERÁN MARIPOSAS
EN LA PRIMAVERA.

MI PEZ AMARILLO
NADA EN LA PECERA.

CHOCAMOS LAS NARICES;
ÉL, ADENTRO Y YO, AFUERA.

BAJO LA CAMA
SE ESCONDE MI PERRO.

ESTÁ MUY CONTENTO
MORDIENDO SU HUESO.

MI TORTUGA Y YO
JUGAMOS CARRERAS.

ME QUEDO DORMIDO
Y LLEGA PRIMERA.

COLGADO EN LA RAMA
MI LORO SALUDA.

CABEZA ABAJO
PARECE UNA FRUTA.

MEDIODÍA DE INVIERNO:
MI IGUANA DESPIERTA.

CAMINA UN POQUITO
Y SE DUERME DE VUELTA.

MIRANDO UNA MOSCA
MI RANA ESTÁ SERIA,

ESTIRA LA LENGUA
Y LA MOSCA SE VUELA.

QUE TIENE COMO MASCOTA
UN PEQUEÑO DINOSAURIO.

JORGE ACCAME

Jorge Accame nació en Buenos Aires en 1956. Una vez, hace tiempo, leyó un cuento que le gustó mucho y se hizo escritor. Ahora escribe cuentos, poesía, teatro y novelas y trabaja en la Universidad Nacional de Jujuy. También hace esculturas en madera y piedra, y cocina. Cuando era chico, le gustaba criar animales raros. Una vez, se le escapó un tritón de su pecera y apareció en la cocina. Su mamá y su abuela se subieron a una silla y esperaron a que Jorge volviera y las rescatara del monstruo. El pobre tritón estaba tan asustado como ellas.

ELENA BOSSI

Elena Bossi nació en Buenos Aires en 1954. Desde 1982 vive en Jujuy, escribe cuentos, novelas y obras de teatro y enseña en la Facultad de Humanidades y Ciencias Sociales. Publicó un libro titulado *Seres Mágicos de la Argentina*, que a chicos y grandes les gusta leer para asustarse un poco. Tiene una perra que se llama Negra, vieja y malhumorada. Hace poco llegó Pipa, una cachorra muy inquieta. Al principio, Negra le gruñía y la miraba de reojo, pero ahora juegan juntas y Negra está rejuvenecida.

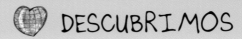
¡A mirar y descubrir
lo que nos rodea!

Jorge Accame y Elena Bossi

ALFAGUARA INFANTIL

DESCUBRIMOS

UN CASTILLO
ENORME

Jorge Accame y Elena Bossi

Ilustraciones de Javier González Burgos

Una colección para descubrir los colores,
los animales, los números, las formas...
y también aprender a reconocer el entorno.

Teresa Novoa

Historias disparatadas que ofrecen a los más pequeños
la oportunidad de disfrutar del humor a través
del lenguaje y de las ilustraciones.

Ema Wolf

Una colección para empezar a nombrar el mundo. Anita nos acerca a los primeros descubrimientos de los niños.

Graciela Montes

PICTOCUENTOS

Para disfrutar y aprender a leer poco a poco
con palabras que son imágenes.

Graciela Montes

Esta tercera reimpresión de 1.000 ejemplares se terminó de reimprimir el mes de enero de 2012 en New Press Grupo Impresor SA, Paraguay 264, Avellaneda, Buenos Aires, República Argentina.